Voici, juste pour vous, une histoire
pleine de péripéties et de rebondissements.
Vous allez sûrement l'adorer.
D'autant plus que… tout est vrai, du début à la fin.

123

Un DÎN FU

PARTEZ!

pour Alvie et Bumpy Bumpy [B.I.]
Gros merci à Daniel et David

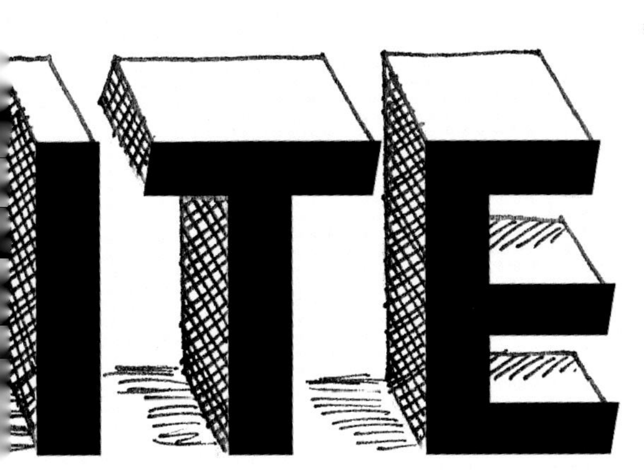

Traduction de Dominique Fortier

la courte échelle

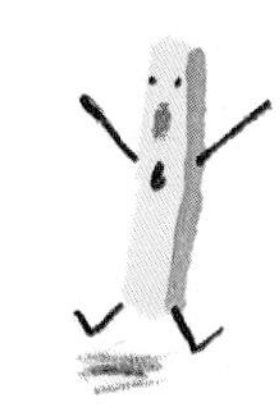

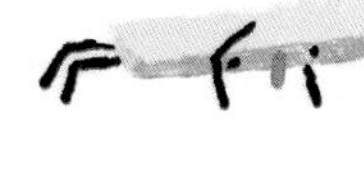

Allan Ahlberg et Bruce Ingman

Il était une fois un garçon.

Il avait pour nom Banjo, oui, Banjo Cannon.

Il était petit, ce garçon,
il vivait dans une maison,
dormait dans un lit,
portait tous les vêtements habituels,
chaussettes, foulards, tout ça.
Il aimait sa chatte, qui s'appelait Mildred,
sa maman et son papa,
qui s'appelaient Madame et Monsieur,
et tous les jours, été comme hiver,
beau temps mauvais temps,
il mangeait une saucisse pour dîner.

Sur sa petite assiette,
avec sa petite fourchette
et son petit couteau,
sa salière et son pot de ketchup,
à sa petite table,
avec sa petite chaise.

Oui, une saucisse, une saucisse pour dîner.

Voici maintenant ce qui se passa d'étonnant,
ce qui se passa d'incroyable – même si tout est vrai, du début à la fin.

Par un jour d'été ensoleillé,
juste au moment où Banjo,
son couteau dans une main, sa fourchette dans l'autre,
se penchait en avant avec un sourire heureux
à la pensée de manger son dîner,
la saucisse – Melvin, c'était son nom –
sauta, oui, sauta, en bas de son assiette…

… et elle se sauva.

Alors, bien sûr, comme vous le devinez,
la fourchette courut après la saucisse,
le couteau courut après la fourchette,
l'assiette courut après le couteau,
la petite table et la petite chaise coururent après l'assiette,

et Banjo, le petit garçon affamé, leur courut tous après.

En fait, si vous voulez savoir toute l'histoire,
il ne courait pas seulement après eux.
Voyez-vous, Banjo n'avait pas uniquement
une saucisse dans son assiette.
Ce serait bête, pas vrai ?
Juste une saucisse,
une misérable petite saucisse
pour le dîner d'un garçon affamé.

Non, Banjo avait aussi
trois petits pois bien ronds,
quatre minicarottes
et une poignée de frites.

Oui, bien sûr, ils étaient tous dans l’assiette eux aussi.

Et quand Melvin s’enfuit, comme vous pouvez le deviner, ils le suivirent tous.

Il se trouve que les petits pois étaient tous des garçons : Peter, Percival et Paul.

Et les carottes, toutes des filles : Caroline, Clara, Camilla et Christabel.

Quant aux frites, eh bien, elles étaient trop nombreuses
pour qu'on les nomme toutes,
mais comme elles étaient françaises,
elles s'appelaient François, Fifi, et patati et patata.

Voilà, c'est la vérité absolue, la scène tout entière – voyez-vous ?
Les voici au grand complet, sans oublier Mildred la chatte
et Monsieur et Madame, et Bruce, le chien de la voisine –
j'ai bien failli l'oublier, celui-là, même si, en réalité,
il poursuivait Mildred –, qui descendent la rue au pas de course.

Ce qui se passa d'abord,
c'est que les carottes, toutes les quatre,
s'enfuirent en se cachant
dans un sac en papier.

Bruce pourchassa Mildred
jusqu'à ce qu'elle grimpe dans un arbre

et un pigeon mangea Percival.

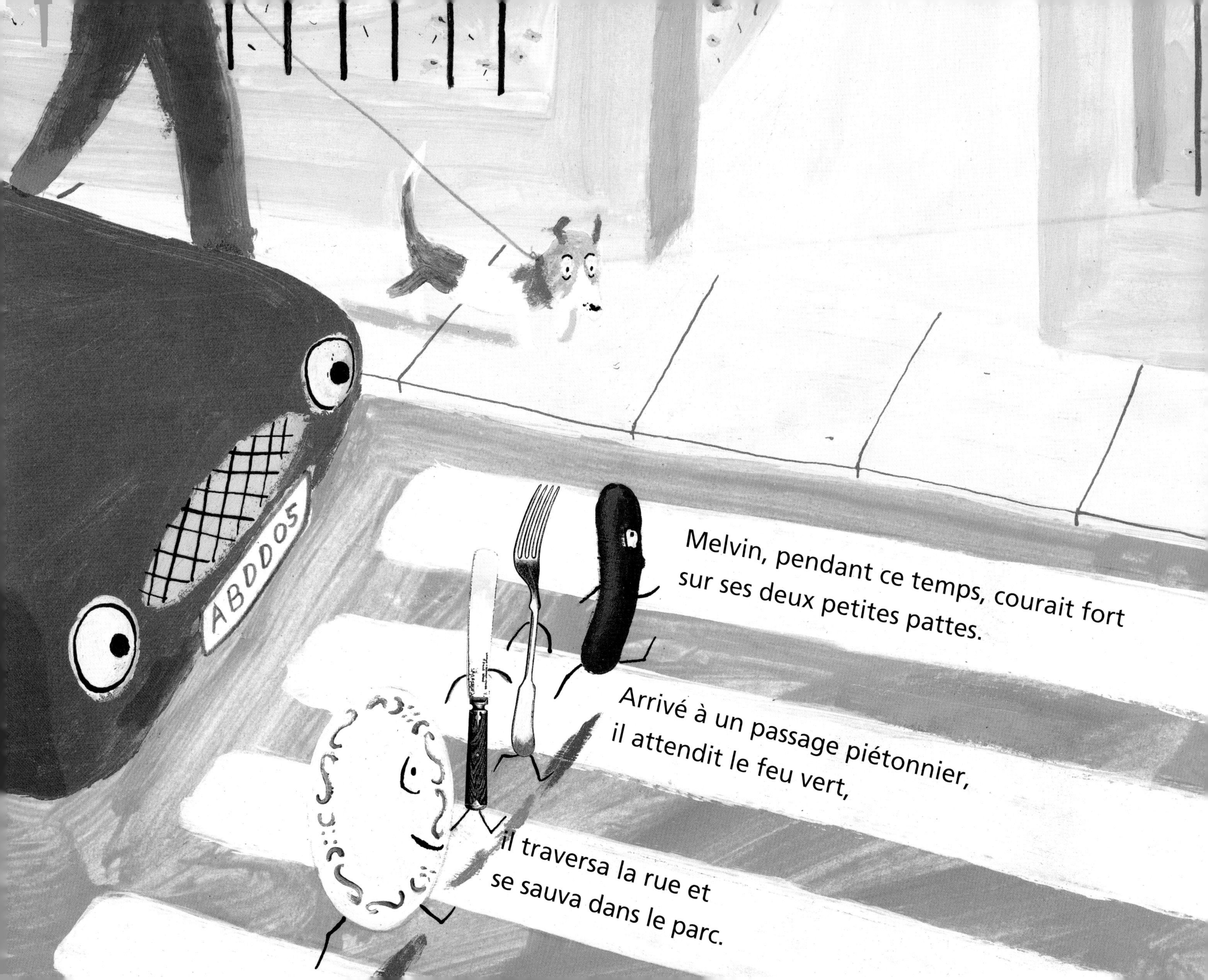

Melvin, pendant ce temps, courait fort
sur ses deux petites pattes.

Arrivé à un passage piétonnier,
il attendit le feu vert,

il traversa la rue et
se sauva dans le parc.

Ce qui se passa ensuite,
c’est que Monsieur et Madame
achetèrent trois glaces,
deux frites s’enfuirent
en s’embarquant sur un petit bateau :
« Au revoir ! »
« Bon voyage ! »
« Hourra ! »

et un canard mangea Paul.

Banjo, pendant ce temps,
courait fort
sur ses deux petites jambes,
et la chaise et la table
couraient fort toutes les deux
sur leurs quatre petites pattes.

En réalité,
ce n’est pas tout à fait vrai.
La petite chaise, surtout,
était en très mauvaise forme
et plutôt à bout de souffle.
Elle dut s’arrêter pour se reposer un peu.
Mais, au même instant,
une vieille dame arriva et s’assit sur la petite chaise.
La vieille dame était à bout de souffle, elle aussi.
Alors, bien sûr, la petite chaise resta coincée là un moment.

Melvin, pendant ce temps, se sauvait toujours à toutes pattes.
Le couteau et la fourchette le suivaient de près, et la petite assiette,
et Monsieur et Madame… *et cetera*.

Un peu plus tard, une famille qui pique-niquait
aperçut la fourchette
et le couteau, et les attrapa.
Au même moment, un œuf dur du nom de Billy,
voyant ce qui se passait,
profita de la mêlée pour s'éclipser.

Deux petites filles
qui sautaient à la corde sur le gazon
aperçurent l'assiette et l'attrapèrent –
c'était une assiette fille, elle s'appelait Saskia –
et elles commencèrent à s'en servir comme frisbee.
Ce qui, finalement,
« Youpi ! »,
eut l'heur de plaire beaucoup à la petite assiette.

Il y avait un étang dans le parc,
c'est là que le petit bateau voguait,
et Melvin en fit le tour en courant.
Et puis il y avait un terrain de cricket,
et Melvin en fit aussi le tour au galop.

Le reste des frites s’arrêtèrent là
et s’assirent pour regarder le cricket.
À vrai dire, personne ne les remarqua.

À ce moment-là, le jour d'été ensoleillé touchait à sa fin
et presque tout le monde était à bout de souffle.
Melvin, la vigoureuse petite saucisse,

ralentissant le pas, se mit à marcher,

puis à se traîner les pattes,

et, finalement, s'arrêta tout à fait.
C'est alors qu'arriva Banjo, le petit garçon affamé,

et, oh là là…

... il le

mangea.

Enfin, presque.
Il l'aurait mangé, vraiment, il l'aurait avalé.
Mais à ce moment accourut
sa pauvre maman, en nage, dans tous ses états.
« Non, non! cria-t-elle. Ne mange pas ça. »

« Ne mange pas ça !

C'est tombé

par terre ! »

Ce qui arriva ensuite,
c’est que Melvin sauta sur l’occasion,
il s’enfuit de nouveau et se tapit dans l’herbe haute,
où, au même moment, la balle de cricket – qui s’appelait
Rupert – se cachait aussi.

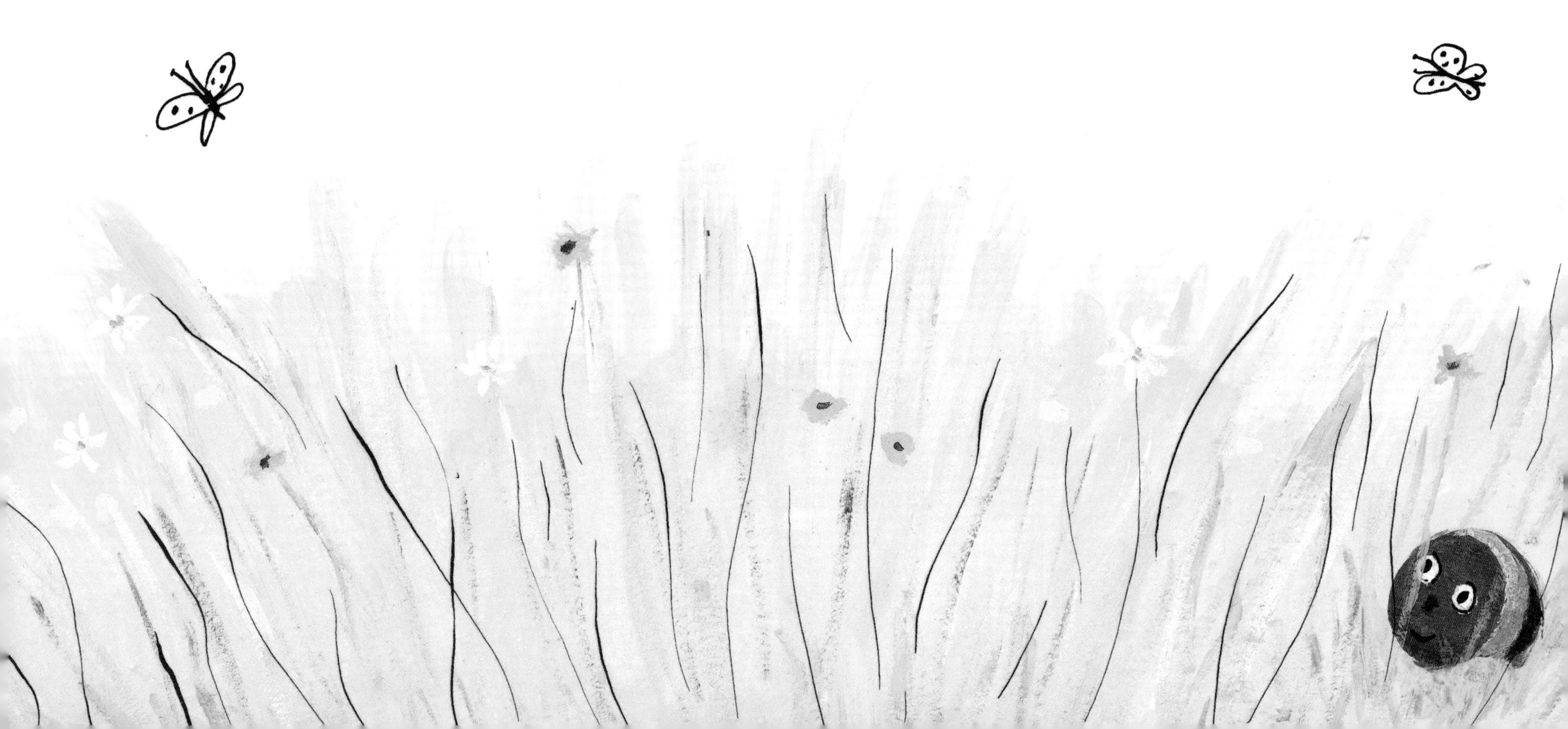

Pendant ce temps,
la petite table athlétique,
encouragée par la salière
et le pot de ketchup, courait toujours.
Son style suscitait l'admiration
de nombreux bancs de parc.
Peter, par contre, le dernier petit pois –
vous vous souvenez de lui ? –,
avait bel et bien disparu.
C'était un mystère.

Il devait pourtant
être quelque part.
Oui, regardez, si vous voulez.
Voyez si vous pouvez le retrouver.

C'était un soir
d'été ensoleillé.
Banjo rentra chez lui
haut perché sur les épaules
de son pauvre vieux papa
et de sa pauvre vieille maman.
Bruce, le chien de la voisine,
rentra aussi chez lui...
et Mildred descendit de l'arbre.

Voilà, c'est tout, l'histoire est finie.
Pleine de péripéties, vous ne trouvez pas ?
Et de rebondissements… oui.

Bien sûr, le pauvre petit Banjo est encore affamé.
Plus affamé que jamais, en fait.
Heureusement, les secours s'en viennent.
Voyez-vous, tous les jours (ou tous les soirs),
été comme hiver, beau temps mauvais temps,
après son dîner, Banjo mange une tarte aux prunes
pour dessert.

Dans son petit bol,
avec sa petite cuillère
et son petit pot de crème anglaise.
Oui, une tarte aux prunes, une tarte aux prunes –
laquelle s'appelait Joyce, ce jour-là –
pour dessert.

Alors tout est
pour le mieux...

... n’est-ce pas ?

Les éditions de la courte échelle inc., 5243, boul. Saint-Laurent, Montréal (Québec) H2T 1S4, www.courteechelle.com
Traduction : Dominique Fortier, Révision : Sophie Sainte-Marie, Infographie : Elastik
Dépôt légal, 3e trimestre 2007, Bibliothèque nationale du Québec,

Édition originale : *The run away dinner*, Walker Books Ltd,

La courte échelle reconnaît l'aide financière du gouvernement du Canada par l'entremise du Programme d'aide au développement de l'industrie de l'édition pour ses activités d'édition. La courte échelle est aussi inscrite au programme de subvention globale du Conseil des Arts du Canada et reçoit l'appui du gouvernement du Québec par l'intermédiaire de la SODEC. La courte échelle bénéficie également du Programme de crédit d'impôt pour l'édition de livres – Gestion SODEC – du gouvernement du Québec.

Catalogage avant publication de Bibliothèque et Archives Canada

Ahlberg, Allan

Un dîner en fuite
Traduction de : *The runaway dinner*.
Pour enfants de 5 ans et plus.
ISBN 978-2-89021-927-4 (br.)
ISBN 978-2-89021-929-8 (rel.)
I. Ingman, Bruce. II. Fortier, Dominique. III. Titre.
PZ23.A36Di 2007 j823'.914 C2007-940300-X

Imprimé à Singapour